PÁGINA ROTA

Joaquín Dicenta

CAPÍTULO I

El poeta vivía retirado en un barrio extremo de Madrid. Más que ciudadana, era campesina su vivienda -entre hotel y casa de campo-, limitada por tierras en labranza y embellecida por un jardín y un huerto.

Certamen celebraban en el jardín las flores durante la primaveral estación, volviéndolo paleta, donde lucían los rosales su espléndida gama que va, por entre perfumes, desde el blanco al bermejo; los claveles, sus amarillos y sus grana; los pensamientos, sus caritas de gnomo; los lirios y violetas, sus obispales vestiduras; los jazmines, su nácar; los nardos, su marfil. Los girasoles esplendían sobre el espacio como soles minúsculos; como astros brillaban en el cielo verde de los macizos margaritas y tréboles. Los ramos de acacias y de lilas volvíanse airones al suave empuje de los céfiros. La atmósfera, hecha incienso por los alientos vegetales, ascendía, en moléculas irisadas, al encuentro del sol.

Desde el mayo al septiembre, desbordaban en frutos los árboles y las plantaciones del huerto.

Los tomates coqueteaban entre las rejas del cañizo; los pimientos campanilleaban sobre el esmalte de los tallos como caireles de coral; entre hojas berilianas se erguían las fresas, tal que sueltos rubís. A este lado descubría el calabazal sus anchos panes de oro; al otro desflecábase la escarola en rizos o se abría la lechuga en penachos.

Los frutales enrejaban sus ramas, para ofrecer a los pájaros nido. Por ellas descolgaban los albaricoques pecosos, las ciruelas amoratadas, los agridulces nísperos, las guindas carmesí, los higos goteantes de miel. Naranjos enanos embalsamaban el ambiente con los perfumes de su azahar. Un pino solitario derramaba sobre su viudez lágrimas de resina.

En el corral tenían su harén dos gallos jaquetones. Muchas veces disputaban a ki-ki ri-kí limpio; algunas se herían fieramente las crestas y se hincaban los espolones en la carne; eran éstas las menos. Allá se iban en arrestos y poderío los corajudos campeones, y salían en sus duelos a picotazo por garrazo. De ahí que procuraran vivir en buena paz, sin trasponer los límites de sus dominios y sin disputarse el amor de sus respectivas esposas. Bien es cierto que, teniendo diez esposas cada uno, ni tiempo ni resistencia había para infidelidades.

Las que andaban siempre a la greña eran las gallinas. ¡Y no digamos si se hacían lluecas y alguna intrusa se aproximaba al canasto donde germinaban los huevos o al montón donde garreaban las crías!... En tales circunstancias, ni el propio gallo metía a su dama en cintura. Revolvíase contra el macho, y érale a éste preciso guardar bien las distancias para no sufrir desazón.

Por entre gallinas y gallos andaban los conejos y coqueteaban las palomas, prontos ellos y ellas a refugiarse, al menor asomo de peligro, en las madrigueras artificiales o en el enhiesto palomar.

Para abrir un paréntesis a su existencia de hombre, desordenada y tumultuosa, y proporcionarse algún descanso en sus faenares de artista, escogió el poeta aquel retiro. Estaba harto de su vivir a lo bohemio, olvidando, no atendiendo, mejor dicho, afectuosamente - ya que materialmente lo hiciera-, las obligaciones que lo imponían su madre enferma, dos hijos menores y una mujer que fue compañera de Alejandro en las épocas de Penuria. Seguía ahora a su lado, ocupando junto a los niños el sitio que su paridora dejó libre, para buscar más tranquilidad o más placer en brazos de otro amante.

Propósito fue también de Alejandro, alquilando aquella vivienda -ya que los rendimientos de su última obra teatral se lo permitían-, estar ocioso una temporada, reparando fuerzas y deserizando, por méritos, de su silencio, la envidia que sus éxitos despertaran entre la gente del oficio.

La segunda parte del plan no consiguió realizarla. Culpa fue de un músico insigne, el primero entre los músicos españoles, que, soñando a toda hora el sueño hermoso de dar vida potente a nuestra ópera nacional, estaba en punto de lograrlo, gracias al auxilio de un hombre arriesgado y emprendedor que puso al servicio de tal empresa sus caudales, su voluntad y sus arrestos.

Reunió el músico a sus compañeros; solicitó para la empresa el auxilio de ilustres autores dramáticos y logró que cada uno se comprometiese a escribir un libreto de ópera. Los músicos se repartirían los libretos, y, una vez terminada su artística labor, a inaugurar el teatro que para tales fines estaba construyéndose y a poner las obras en ensayo con la compañía y la orquesta ya contratada.

Componíase la orquesta de profesores excelentes e iba a dirigirla un maestro que no lo era con la batuta sólo; reinaba también sobre el papel pautado y tenía a su cargo musical el libreto ofrecido por Alejandro.

A punto de terminar su labor andaba el poeta. Más de un mes llevaba entretenido en ella; no pocas veces, durante ese espacio de tiempo, fue susto, con los gestos y manoteos a que lo impelían sus imaginaciones, de los habitantes del corral. Hasta asombro de los vecinos fue. Más de uno, pasando por frente del hotel, se detenía para contemplar a aquel señor «que hablaba solo». Cuando llegaba el curioso a su domicilio o departía con sus tertulios de café, afirmaba rotundamente que el inquilino del hotel de la verja dorada (por las puntas) estaba loco de remate.

Se había fijado para fin de semana la lectura del libro; y fueron invitados a ella, a más del futuro autor de la música, del compositor que dirigía artísticamente la empresa y del empresario, otros músicos y escritores.

La Compañía estaba contratada ya, a falta de aviso para presentarse en Madrid y dar principio a los ensayos. Casi todos los artistas eran españoles (las óperas se iban a cantar en español); sólo figuraban como excepciones, por sus méritos especiales y por hablar el castellano como su propio idioma, dos tiples, una italiana, otra portuguesa, y un tenor milanés que competía en voz con los ángeles, según afirmación de quienes le escucharon. También debieron los tales escuchar a los ángeles, cuando entre ellos y el milanés tenor se permitían establecer comparaciones.

Faltaban dos horas para el almuerzo que, en obsequio de sus escuchadores, había prevenido el poeta, y paseaba éste por su despacho, revisando por vez última las cuartillas, mientras disponían el comedor, en una amplia galería de cristales, con vistas al jardín, las mujeres de la casa y un camarero, alquilado para servir la mesa.

Los manteles desbordaban en flores; el sol de un hermoso mediodía de invierno quebraba sus rayos sobre las copas de cristal; el champagne se enfriaba entre hielo, aguardando el minuto de espumear dentro de los vasos y de estremecer labios y narices con su picante cosquilleo.

En automóvil -era el empresario rumboso- llegaron los invitados del poeta; sirvióse el almuerzo, sazonado con sabrosas conversaciones; se descorchó y bebió el champagne; humeó en las tazas el café y, mientras los invitados lo apuraban a sorbos y a chupadas y rechupadas iban consumiendo los frescos Henry-Clay, dio comienzo Alejandro a la lectura de su drama.

Mereció la obra unánimes aplausos; menudearon los parabienes para empresarios, autores y director artístico, y se dio por seguro, con aquel drama y con los otros que en el telar había, el éxito de la batalla. El maestro encargado de dar vida musical al poema, manifestaba a grandes voces su entusiasmo, empinándose sobre la punta de los pies para acrecer su estatura minúscula, alzando al espacio su frente llena de inteligencia y lanzando relámpagos de voluntad y de energía por sus ojillos penetrantes.

-Nada, nada -exclamó el empresario-; en la cena del jueves próximo hay que leer el drama. Irán todos; tú el primero, Alejandro.

-No, yo no -repuso éste-. Enviaré el drama y cualesquiera de ustedes -eso irá ganando el poema- me hará la merced de leerlo.

-¡Y por qué no has de leerlo tú! -preguntó a Alejandro el director artístico.

-Sabes que me he propuesto, formalmente, no entrar por Madrid en una temporada. Tengo capricho, necesidad de vivir solitario, retraído unos cuantos meses.

-No obstante esas ansias y esa necesidad -dijo uno de los tertulios-, hay que presentarse en la cena del lunes. A leer, no más que a leer -añadió-; luego, si quieres, te embarcamos, te facturamos en el automóvil de Goicoechea y te deja el automóvil en la propia cama, si tal es tu deseo.

-Pero...

-¡Pues ya lo creo que vendrás! -gritó el empresario-. A fe de Goicoechea, que si no vinieses, era capaz de enviar en tu busca el tercio montado de la Guardia civil. Vendrás. Sobre que, si faltaras, cometerías una imperdonable incorrección. Figúrate que, a más de estos y otros escritores y tocadores de postín, he invitado a la cena y a la lectura, que, sin contar contigo, anuncié, a las principales partes de mi famosa compañía; a los que me sacan un riñón por cada gorgorito. Todos llegaron ya; entre ellos la tiple que se encarga de tu protagonista. ¡Estupenda mujer! Sólo por verla merece recorrerse a pie el camino que hay desde tu casa al teatro. ¡Ya verás, ya verás! No hay escape; contamos contigo; de modo que a las ocho de la noche tienes mi automóvil a la puerta. Conformes. ¿No es eso?

-Puesto que te empeñas, conformes; pero conste que, en cuanto acabe la lectura, tomo el camino de mi conejera extraurbana. Sé cómo las gastas y no tengo humor para juergas.

-Eso tú lo verás -respondió Goicoechea-. Hasta el jueves -repitió, apretando la mano de Alejandro, que salió a despedirles.

CAPÍTULO II

Eran fastuosas las cenas con que Goicoechea obsequiaba a sus auxiliares. Aquel hombre nació para hacer en grande las cosas; no fue por su culpa si la empresa de la ópera nacional fracasó. Tampoco la tuvieron los dramaturgos y los músicos a quien pidió ayuda. Todos cumplieron honradamente su misión. Los propios cantantes, dicho sea en su elogio, anduvieron menos engorrosos y exigentes de lo que suelen ser. Faltó para el éxito el apoyo de los de arriba, de los que llenan el teatro Real para oír ópera extranjera, de los que subvencionan ese teatro, y no tuvieron entonces para el nuevo más que un despectivo encogimiento de hombros.

Por eso, más que por falta de dinero o por mala distribución y empleo a destiempo del que había, vino aquella derrota, en la que autores y músicos perdieron ilusiones y tiempo y Goicoechea su última peseta. Lejos de España está, peleando por rehacer su deshecha fortuna. Quizás algún día le veamos regresar triunfante y poderoso. Quien entró en Madrid con alpargatas y supo, de una aventura en otra, llenar de cheques su cartera, bien puede alzarse de la ruina y tornar a ponerse las botas y volver, con las botas puestas, a Madrid.

Una sala del flamantísimo teatro se convertía en comedor para las cenas de los jueves. Acudió a la de éste, buen golpe de invitados y sonaban las ocho y media cuando llegó Alejandro.

-No es culpa mía -dijo- si han esperado ustedes. Échensela al chauffeur del gran Goicoechea, mejor dicho, a un neumático del automóvil que ha tenido a bien estallar en la Castellana; media hora nos costó el arreglo. Casi, casi estuve por hacer a pie lo que restaba de camino. Pero cualquiera lo hace con el diíta de hoy; me hubiera puesto de barro hasta las corvas, y francamente -añadió sonriendo-, ya que ustedes, por bondad, me confieren el papel de ídolo esta noche, no es cosa de poner yo los medios para que resulten de barro el pedestal y el ídolo. Bueno que lo sean, pero allá ustedes con las responsabilidades. Yo me lavo las manos.

-Ya te las lavarás con champagne después de la cena. Es el jabón que hace mejor espuma -exclamó Goicoechea, riendo su chiste a carcajadas.

-A más -añadió Humberto, el director artístico- no necesitas dar excusas, porque no eres el último en llegar a la cena. Aun nos falta otro convidado. Y, salvando todos tus respetos, más principal que tú. Al fin y a la postre, tú nos traes, en ese rollo de papel, un cacho de belleza escrita; el invitado que nos falta, es belleza de carne y hueso: la Fénice. Vuelve, vuelve los ojos hacia la puerta de la sala y verás si exagero.

En el marco de aquella puerta, destacando bravamente sobre los tapices rojos que la empabelloneaban, acababa de aparecer -aquí está bien empleado el verbo, porque aparición era- una hermosa mujer.

Cubría su alto y airoso cuerpo un abrigo de pieles, que se erizaban en el cuello y en el remate de las manos, para acariciar el busto y los desnudos brazos de su dueña. Era ésta morena, muy morena; de nogal parecía su cutis.

Sobre el cuello redondo y fuerte, se erguía una cabeza de sultana oriental; cabeza de ojos negros y apasionados, de celajes espesos, de pestañas largas, que ensombrecían los azules de dos anchas ojeras; la nariz, un si es no es respingona, se ensanchaba hacia las ventanillas, como afanosa por respirar aires de deleite; era la boca grande, de labios rojos, de blanquísimos dientes; el mentón firme, partido en dos por un hoyuelo; la cabellera de azabache, profusa, caía sobre las orejas en naturales ondas. Un sombrero de alas cumplidas endoselaba el puro dibujo de la frente. En la boca había una sonrisa: quizás el prólogo de un beso; los ojos atraían y estremecían a la vez, tan sensual era el entornamiento de los párpados, tan profundo el resplandor de las pupilas.

El cuello, donde apoyaba tan valiente cabeza, iba a perderse, con suaves difuminaciones, en un busto opulento, sobre el cual resplandecía un collar de brillantes. El talle era esbelto, de proporciones estatuarias; los pies angostos; la mano, si no breve, bien modelada, nerviosa, de remates puntiagudos.

La voz de esta mujer, una voz grave de contralto, sonó, tal que si fuese toda ella caricia, para decir: «Perdón, señores, si tardé».

Apenas se notaba en aquella voz el extranjero acento. Tenía más bien el acento mimoso, besador, de nuestros gallegos.

Dejó caer su abrigo al largo de los hombros; mientras lo recogía Goicoechea, se desprendió los alfileres del sombrero y quedó en descubierto la cabellera negra que daba cambiantes azules al reflejo de la eléctrica luz.

Goicoechea les presentó. Al contemplarse frente a frente, al tender uno hacia otro sus manos, una igual sacudida les hizo retemblar. Los ojos de Magda se volvieron más negros, más profundos; las claras pupilas de Alejandro quedaron inmóviles, extáticas; se estremecieron sus dedos al rozarse y hubo en sus conciencias el presentimiento doloroso de una mutua pasión.

-¡Cuidado! -dijo a Alejandro Goicoechea, cuando aquél se apartó de Magda-. Es encantadora, pero temible. Defiéndete bien. Como caigas entre sus uñas, ni un Dios te saca de ellas.

Y le refirió C por B la historia de la tiple. Había nacido en Portugal, de familia empingorotada. Fue, desde pequeña, admiración de todo el mundo, por su hermosura, por su ingenio, por sus aficiones artísticas, que hicieron de ella, a los diez y seis años, una gran pianista y una prodigiosa cantante.

Quiso dedicarse al teatro, utilizar su hermosa voz y sus aptitudes dramáticas en obsequio del arte y del público. Los padres contrariaron este propósito de la hija. Eran personas muy pagadas de su prosapia, muy sometidas a ciertos imbéciles prejuicios. Bueno que la niña se dejara oír en las reuniones y hasta en las funciones benéficas; de ahí no debía de pasar, so pena de dar al traste con los respetos a que su apellido y su posición la obligaban.

Magda pareció resignarse con la decisión de sus progenitores; pero en el fondo de su espíritu palpitaba la rebeldía, pronta a exteriorizarse si las circunstancias venían en su ayuda.

Vinieron. Cierta noche, en la ópera, hizo su presentación un barítono francés, que llegaba a Lisboa precedido por una gran fama de buen mozo y de buen cantante. No mentía entonces la fama; el barítono era todo un artista y todo un apuesto galán. Magda quedó prendada de él. «¡Qué admirable conjunto formarían sus voces si se unían alguna vez sobre un escenario, al compás de una orquesta, a la luz de las lamparillas eléctricas, entre los aplausos del público! ¡Y qué deliciosa, qué envidiable pareja la constituida por ellos, si amor les ayuntaba, cuando atravesaran las calles, ella con su tipo oriental, con su alta y graciosa estatura, con sus brillantes ojos negros, con su boca prometedora de caricias; él, rubio, elegante, de azules y lánguidas pupilas, de frente altanera, de ademán desafiador! A buen seguro no nacieron hombre y mujer más a propósito para completarse y fundirse.»

Así pensaba ella. Él debía pensar lo propio, porque muchas veces en el paseo, cuando su coche se cruzaba con el de Magda, y todas las noches en el teatro, cuando iba a él Magda, los ojos del barítono se clavaban en la encantadora portuguesa, haciendo hervir su sangre y temblar su alto pecho al embate rudo del corazón.

Fue en una fiesta aristocrática, a que Alberto (así se llamaba el barítono) acudió, pagado por cantar, y a la que Magda concurría, donde se hablaron y entendieron. Un dúo, en que el cantor puso todo su arte y Magda su alma entera, formalizó el idilio.

Magda, no pudiendo vencer la oposición tenaz de sus padres, echó por la calle de en medio y se fugó con el barítono. Fue el escándalo enorme. A poco sí los padres de la joven se mueren del disgusto. Ésta, repudiada, negada por ellos, casó con el barítono y con él salió para Milán. Su presentación en la Scala constituyó un gran éxito.

El barítono era un perfecto sinvergüenza, que se dedicó, a pocos meses de casorio, a explotar la voz de su mujer y a gastar en queridas y francachelas lo que ella ganaba. Soportó Magda tales injurias por el respeto y el amor de dos hijos, que en dos años la regalara el prójimo; pero fueron en aumento las canalladas de éste, y un día la cantante huyó con sus hijos del domicilio conyugal y buscó en brazos de un amante la felicidad que no hallara en los del marido.

Desde entonces aquella mujer empleó su existencia en gozar sus triunfos de artista y en derrochar el dinero que arrojaban a sus pies los hombres. Gozábase en atormentarlos, en llevarlos a la desesperación, o a la ruina. Cinco o seis enormes fortunas se deshicieron entre sus manos derrochonas, sin que ella guardase nada para sí; lo derrochaba todo: lo de sus amantes y lo que le producían sus contratas. Durante años su nombre llenó de adjetivos los diarios del mundo; sus locuras, de duelo numerosos hogares.

Al presente, gastada su voz por aquel vivir licencioso, tuvo que bajar algunos escalones en su categoría artística. Aun era, sin embargo, astro de magnitud; Goicoechea necesitó pagarla muy cara; lo perdido en voz, habíalo ganado en arte, en expresión dramática. Por lo que toca a amores, de algún tiempo a la fecha había renunciado a gozarlos. Se hablaba de una aventura trágica, terminada con el suicidio de un príncipe ruso, añadiéndose que Magda, horrorizada, arrepentida frente al cadáver que, por ella y ante ella, chorreaba sangre del corazón, rompió con el vivir antiguo y se dedicó exclusivamente a sus criaturas y a su arte.

-Eso dice ella -continuaba Goicoechea-. Pero, ¡bah!... todo será hasta que tenga un nuevo capricho de millones o hasta que alguien le entre por el ojo derecho. Según dicen, cuando esto le ocurre, es peor que cuando se entrega a un hombre por ansias de lujo, por vanidad o por derretir oro. Creo que la diva, en tales ocasiones se agarra lo mismo que una lapa. ¡Mucho cuidado, Álex! Lo digo al tanto de que Magda, en este momento, tiene puestos en ti sus ojazos de mora.

-Déjate de bromas -respondió Alejandro, yendo a sentarse lejos del sillón ocupado por Magda.

-¡Nada de sentarse! ¡A cenar! -gritó Goicoechea palmoteando-. Alejandro ofrece el brazo a Magda. Usted, Luis, con ellos y Magda entre los dos. Natural es que asiente entre los dos quien va a ser intérprete de la obra escrita por el uno y musicada por el otro. Ya verá usted qué drama tan hermoso, Magda. De la música no hay que hablar. Superior ha de hacerla Luis; todo lo que tiene de pequeño cuando anda por el mundo, lo tiene de grande cuando mete mano a la batuta o se pone a pintar garrapatos sobre ese papel lleno de rayitas, en que los músicos plumean. Ustedes -continuó el empresario dirigiéndose a los demás- se sientan donde les dé la gana. Yo presido, ¿eh? Me gusta ser en estas cenas el papá de la troupe. ¡Andando con las ostras! Cada cual se las entienda con su botellita de Sauternes.

Durante la cena pudo apreciar el escritor el talento y la cultura excepcionales de la tiple. Literatura, música, pintura, escultura, eran para ella cosas familiares de las cuales hablaba con un acierto y gusto exquisitos.

Algunas veces, durante su diálogo con el poeta, hizo Magda pausas llenas de gravedad. En el espacio de tiempo abarcado por estas pausas sus párpados caían sobre sus negros ojos, enrejándolos con el broche de las pestañas; por entre la rejuela brotaban resplandores sombríos; hubo un momento en que Magda palideció, apretando los labios, dejando caer sobre los manteles sus manos temblonas. Alejandro se inclinó hacia ella, interesado, atraído por el encanto que de aquella criatura emanaba, y le preguntó con voz queda, casi al oído:

-¿Qué tiene usted?

Magda alzó los ojos, y, mirando al poeta hito a hito, entrando en él con la mirada, repuso:

-No es nada. No es nada; ya pasó; perdóneme usted.

Su voz salía por entre los labios como un suspiro hecho palabras. Más que sonar, rozó cálida y acariciadora en los oídos del artista.

Al llegar la lectura del drama, y en tanto duró ella, Magda, asentada junto a Alejandro, le oía sin levantar los ojos, cruzadas sobre las rodillas las manos; en los pasajes amorosos tremaba su alto pecho y palidecía su tez; en los dramáticos, crispábanse sus dedos, arañando la sedería de la falda. Cuando terminó la lectura, dos lágrimas rodaron por los ojos de la bella oidora; se detuvieron un segundo sobre las ojeras azules y cayeron después en la cruz de carne que tejían los dedos.

No pronunció la menor palabra de elogio. Sin hablar, con el cuerpo erguido, la boca entreabierta y los ojos, húmedos aún por el viaje del llanto, llegó hasta el poeta y apretó con energía, casi con rudeza, su mano.

A ruegos de todos cantó un pasaje de Bohemia. Su voz entró hasta la medula de Alejandro, acompañada por el resplandor de unos ojos que parecían ensoñar los tristes amores del personaje de Murger.

Sonaron las dos sin que Alejandro hiciera intención de partir. Cerca ya de las tres, sólo cuando Magda se despedía, recordó el poeta que había quebrantado su voto de retornar a la barriada campesina en cuanto finase la lectura.

-Vaya -dijo Goicoechea, dirigiéndose a la cantante-, si usted quiere la llevaremos a casa en mi automóvil. Alejandro nos acompañará. La dejamos a usted y luego meto a éste en su nido; en su agujero, por decir más verdad. El hombre vive a ocho kilómetros de Madrid, en mitad del campo, haciendo competencia a los hurones. Si estuviésemos en verano, diría que a los grillos, porque, como habrá visto usted, Alejandro sólo sale de su boquete para cantar sus versos.

Aun conservaba entre las palmas de las suyas el calor de las manos que le tendió ella al despedirse, cuando llegaron él y Goicoechea a la puerta del hotel campesino. Al abandonar el automóvil aspiró Alejandro fuertemente su atmósfera para recoger el olor de Magda. Distraído se despidió del empresario. Antes de llegar a la casa, quedó inmóvil en una plazoleta de rosales, contemplando la luna, que se deshacía en polvo de plata, contra una nube negra, semejante a un velo de luto.

CAPÍTULO III

Estuvo cerca de un mes sin volver a Madrid. Más abstraído, más amante de la soledad que nunca parecía. Apenas si paraba mientes en sus hijos. Buscaba para sus paseos los rincones más ocultos del extenso jardín y andaba por ellos con las manos detrás de la espalda, la cabeza caída contra el pecho y los labios en perpetuo monólogo. Del jardín iba a su despacho. Según él, para trabajar.

Cierto era que, una vez encerrado entre aquellas paredes, ponía sus cuartillas en orden, mudaba en el palillero la pluma y tomaba asiento enfrente de la mesa. Pero no trabajaba. En blanco seguía el papel, puesto delante sus ojos; seca la pluma, que su diestra oprimía; la siniestra se crispaba sobre la frente. Tras un largo espacio de silencio total, Alejandro se ponía en pie, golpeaba con el puño la mesa y comenzaba a pasear de un extremo a otro del despacho, con paso rápido, febril; otras veces se dejaba caer contra un diván; en tal postura permanecía largo tiempo, con los ojos cerrados, sin moverse, como si fuera muerto.

Así transcurrieron los días. Uno, trajo el correo una carta con sello del teatro. Los ensayos empezaban al día siguiente; era menester que Alejandro asistiera al de lectura; al menos para el reparto de papeles. A más, el músico había terminado la partitura y quería dársela a conocer. Ello sería por la noche, después del ensayo, a la conclusión de una comida con que Goicoechea obsequiaba al músico, a Alejandro y a los principales intérpretes.

Alejandro no podía faltar, hubiera sido hacerlo perjudicial para los trabajos preparatorios del estreno; para el compañero, descortés.

Al día siguiente, a la hora designada, estaba el autor en el teatro. Magda le saludó sin preguntarle por los motivos de su ausencia. Sólo sus grandes ojos se fijaron en los del poeta como un interrogante. Él balbuceó cuatro frases idiotas, leyó con ademán y acento automáticos; en igual forma hizo el reparto de papeles. Exceptuando las del saludo, no se cruzaron palabras entre autor y cantante. Al término de la lectura, cuando Alejandro dio su papel a Magda, le dijo:

-Ahí se lo entrego; todas mis esperanzas se cifran en usted.

-Yo me encargo de que no se malogren -repuso ella, cogiendo el papel y alzándolo hasta la altura de su boca.

Al decir esto su voz era grave, sus labios temblaban unas miajas.

-Adiós -añadió dirigiéndose a todos, pero sin apartar sus ojos del poeta.

-¡Cómo adiós! -gritó Goicoechea-. Pero, ¿es que no comemos juntos? ¿Es que no oye usted la partitura?

-Me es imposible. Tengo muchas cosas que hacer. Coman ustedes solos y acuérdense de mí -añadió estrechando la mano de Alejandro-. Yo tampoco me olvidaré. ¿No es mañana el segundo ensayo?

-Sí, mañana.

-Pues entonces hasta mañana.

-Hasta mañana -balbuceó Alejandro.

Fue así, viéndose en los ensayos, despidiéndose a la salida, sin hablar de amor nunca, como amor se adueñó de sus voluntades. Se miraban, aprovechando el uno la distracción del otro; apenas se oprimían las manos al dárselas en ademán de despedida; huían la ocasión de encontrarse solos, como si la temieran, como si retardaran el momento de que sus labios primero, y sus brazos después, hicieran realidad al ansia que agitaba sus corazones.

Y vino la noche del estreno y fue en ella, después de un éxito clamoroso para los autores y para la cante al finalizar el acto último, al caer por vez postrera el telón, entre una atmósfera de gloria, cuando Alejandro y Magda, sin darse cuenta de sus actos, sin pensar en los curiosos que llenaban la escena, se abrazaron, se estrujaron el uno contra el otro, en una plena y apasionada entrega.

-Te espero en mi casa -murmuró Magda en el oído del poeta.

Y salió corriendo, sin volver el rostro, ocultándolo entre sus manos, llenando el espacio con el perfume que se desprendía de su cabellera destrenzada.

CAPÍTULO IV

Durante dos meses vivieron en una borrachera de pasión. Dijérase que el mundo acababa fuera del espacio que ellos con sus brazos ceñían; y era breve el espacio; cada cual de su parte mostraban empeño en reducirlo.

Descontando las obligaciones inexcusables del teatro, Magda sólo para su Alejandro existía; éste, aun hasta las más perentorias obligaciones olvidaba. Hicieron nido de la casa habitada por Magda y dentro del nido se adoraron.

Alejandro apenas aportaba por su vivienda, y eso que su madre, más enferma de minuto en minuto, hacia los cuidados urgentes. Hasta su madre era puesta en olvido por aquel hombre, que había hecho de su madre un culto, una imagen, que siempre salió a flote en los naufragios de su tormentoso vivir. Verdad es que había llegado a olvidarse de los hijos también. Los mismos aplausos del público, la gloria, en cuyas aras el artista lo inmola todo con brutal egoísmo, casi no llamaban su atención; su ser entero se reconcentraba, se resumía en aquella mujer que sabía ser compañera inteligente y entusiasta del poeta en el vuelo de sus imaginaciones y ensueños; hembra ardiente, voluptuosa e incansable en las horas de goce; amiga placentera, en las que los ensoñares artísticos y los reclamos de la sensualidad les dejaban libres.

Por lo que hace a Alejandro, su entrega a Magda fue absoluta. Ella... estaba más entregada aún.

-Mira, Álex mío -murmuraba, inclinándose hacia él, acariciando con los dedos la frente de su queredor-. Al lado tuyo me creo otra. Mi existencia de mujer, que ha pertenecido a muchos hombres, desaparece por completo. Diríase que los besos tuyos, tus besos, que han llenado de alto abajo mi cuerpo y han penetrado mi alma hasta sus repliegues más íntimos, fueron como gotas cálidas de un Jordán deleitoso; ellas borran a la mujer hecha a las luchas y pasiones del mundo, para resucitar a la niña, a la mozuela cándida y soñadora, capaz de todas las bondades. Capaz de todas fue antes de que un miserable pisoteara mi inocencia y me hiciera correr en busca de otros hombres, no para pedirles placeres, para hacerles esclavos míos, para cobrarme en ellos todo el odio que el desengaño depositara en mi conciencia.

-He sido mala, muy mala, Álex mío. Jugué con los hombres, exigiéndoles, a cambio de nada, porque nada significa un cuerpo de mujer cuando sin el alma se da, su corazón, su salud, su fortuna, su vida. Su vida, sí -repitió por lo bajo-, que alguna cayó a golpe de bala a mis pies. Hoy todo se borra, todo desaparece, hasta el remordimiento. Sólo estás tú; es decir, también están mis hijos; pero están como a gran distancia, envueltos por una nube color rosa, desde cuyas gasas me sonríen. Los hijos son cosa del cielo; en la tierra sólo estás tú. Tú solo; porque hasta el arte, en ello me ocurre lo que a ti, ha pasado a segundo término. Verdaderamente, tanto tú como yo hemos logrado el más grande, el más inverosímil de los triunfos; hemos logrado que el arte se conforme con servir a nuestro idilio de comparsa. Parece mentira, ¿verdad? Pues no lo es. Anoche, y cuidado que la ovación fue enorme, yo no pensaba más que en ti. Esta gente no acaba de aplaudirme -decía-. ¡Y el otro -el otro eras tú- que está esperándome en el cuarto!...

-No te detengas, sigue; ¿a qué te detienes? -dijo Álex, rodeando con sus brazos el cuerpo de la amada, mal envuelto por una bata de provocadora transparencia.

-Pues me detengo a darte un beso; es decir, dos, porque con uno no me basta; ni tampoco con dos, aquí tienes la prueba.

Y depositaba, espaciándolos, alargándolos, humedeciéndolos, un beso y otro y otro entre los labios de su amante.

Siempre ocurría así. Tan abstraídos, tan dentro de su pasión vivían, que fue menester la noticia de que agonizaba su madre para que Alejandro abandonase por cuarenta y ocho horas la casa de Magda.

La madre murió; el dolor del hijo fue intenso, verdadero, profundo. Con los ojos llenos de lágrimas acompañó el cadáver de la santa mujer; en trance de caer desvanecido estuvo cuando bajaron el cadáver a la hoya y la primer paletada de tierra retumbó contra el ataúd. Arrastras le arrancó de junto a la fosa un amigo. Descompuesto, con el corazón destrozado, subió solo, porque tal fue su voluntad, al coche de duelo. Al entrar en él, bajo, muy bajo, para que ninguno le oyese, dio al cochero las señas de la casa de Magda; ganó la escalera agarrándose al pasamanos y se arrojó en brazos de su amante, murmurando con voz nerviosa que entrecortaban los sollozos:

-He venido, sabes, he venido directamente desde el cementerio, donde queda aquella noble criatura. He venido porque, después de estar por espacio de cuarenta horas de cara a cara con la muerte, necesitaba recoger en tus brazos un poco de vida.

Y se dejó caer en el hombro de Magda, llorando, retorciéndose frenéticamente las manos, recogiendo de la boca de su querida un beso, para calentar con él sus labios, que dejara fríos otro beso: el depositado sobre la frente de la muerta.

CAPÍTULO V

La empresa del buen Goicoechea fracasó. El público adinerado volvió la espalda al teatro nuevo, y el público pobre, el buen público, no lo pudo sostener solo.

Fracasó Goicoechea, quedaron burlados en sus nobles esperanzas autores y músicos; quedaron sin cobrar dos quincenas las partes principales y sin cobrar una semana las partes por medio, los coros y la orquesta. Goicoechea, luego de entregar su último duro como un bravo, tomó el tren y desapareció. Camino fue de América a emprender la conquista del oro, a lograrlo por todos los medios sin reparar en personas y en cosas; tal como hicieran los desaprensivos y simpáticos aventureros que siguieron los pasos de Colón, de Pizarro y de Hernán Cortés, en aquella hazaña bandidesca y heroica, que se llama la conquista del Nuevo Mundo.

Magda puso cara sonriente al desastre.

-¡Bah! -exclamó, levantando con sus dedos acariciadores la frente ensombrecida de Alejandro-. No te preocupes, bien mío; aun quedan en ese mueble algunos billetes del Banco; aun hay en aquel cofrecillo algunas alhajas, y ¡qué diantre!, como decís los españoles, no estoy tan mal de voz que vayan a faltarme contratos. Con lo que tenemos hay para atender unos meses las necesidades de mis chiquillos en Milán y las mías en este Madrid.

-Yo... -interrumpió el poeta.

-¡Tú!... Bastante haces con acudir a tus atenciones, que no son pocas ni baratas. En vuestra España los artistas no os hacéis millonarios; gracias si, trabajando mucho, podéis vivir de una manera decorosa. Te quiero con esto decir que dejes ese ceño. Sal adelante como puedas, y no te atormentes por mí. Ya me las compondré para salir a flote.

-¡Tú!... -murmuró Álex palideciendo.

-¡Yo, sí! -gritó ella, tapando con fuerza la boca de su amante-. Pero no temas; saldrá con mis propios recursos; sin hacer nada que pueda poner en nuestro cariño ni la sombra de una traición. ¿No dije que en mí había terminado la mujer loca, la criatura de vanidad y de odio? En mí sólo existe la criatura de tu amor; ésa está pronta y resuelta a todo, a todo menos a perderte. Sé que entregarme a otro, sea por lo que sea, equivale a perderte. Como no quiero perderte, no lo haré. Más todavía: no lo haré, porque, aun queriendo, no podría.

Inútiles fueron por parte de Alejandro ofrecimientos, súplicas, protestas; Magda, firme en su decisión, se opuso a que hiciera nada en su auxilio. Gracias, si en fuerza de instancias, pudo el poeta conseguir que, en tanto salvaba ella sus dificultades, por virtud de nuevos contratos, le acompañara a un viaje que había resuelto emprender al Monasterio de Piedra.

Alejandro quería encerrarse en este valle de prodigios para escribir, antes y con antes, un drama, solicitado urgentemente de su pluma por un empresario de crédito para un actor ilustre.

En veinte días precisaba rematar la labor; ningún sitio más a propósito para aprovechar tiempo y crear belleza, saturándose de ella, que los paisajes regados por el Piedra y cantados por él con la voz áspera de sus cascadas.

Era la estación invernal; no había, por consiguiente, en el Monasterio viajeros. Allí se acomodó la pareja, en una amplia celda que doraba el sol de mediodía. Los recios muros hacíanla impenetrable al frío; un frailuno brasero ayudaba a los muros en su hospitalaria faena.

A fe, que de resucitar el buen religioso, habitante de aquella celda, hubiese abierto ojos tamaños, viendo la clase de inquilinos que por la puerta se le entraban. Bien es cierto, que si los espíritus vuelven, según creen los espiritistas, a los lugares por que tuvieron predilección en vida los cuerpos que ellos animaron, los espíritus de los frailes de Piedra no podían ya sorprenderse de los nuevos vecinos. A todo se hace uno en este mundo; en el otro -si le hay- es de suponer que ocurra lo propio; y van muchos veranos desde que las celdas de Piedra se transformaron en fanales para recoger lunas de miel más o menos legalmente legítimas.

¡Encantadores días para Alejandro y para Magda los que pasaron en el Monasterio!

Bien de mañana, cuando no amenazaba lluvia, bajaban al valle cogidos por el brazo; él con las cuartillas dentro de un libro que hacía, sobre sus rodillas, veces de mesa de trabajo; ella con un libro también, para leer mientras él escribía. Ni una sola vez le interrumpía durante su faena. En silencio alzaba, para contemplarle, las pupilas del libro, o se alejaba por entre los boscajes, internándose en ellos, enviándole desde lejos los ecos de su voz. Al oírlos, levantaba Álex la cabeza; pronto volvía a su tarea, recogiendo aquellos ecos como un encanto más, como un dulcísimo acicate que avivaba su inspiración.

Terminado el almuerzo, luego de distraer un par de horas en paseos encantadores, tornaban, él a su trabajo, a sus silencios ella. Algunas veces, al caer de la tarde, cuando la luz casi no llegaba al papel, cuando el crepúsculo se convertía en noche y el poeta, sin darse cuenta de ello, seguía escribiendo, escribiendo a obscuras, Magda se acercaba a él de puntillas; ceñía su cabeza con una corona de laureles y, besando la frente por aquellos laureles ornada, murmuraba quedo, muy quedo:

-Vamos, poeta, despídete ya de la musa; dile que se vaya a dormir y que me ceda el puesto. Acabaron las horas de arte. Dejemos que suene para nuestras almas la hora divina del amor.

Ya de noche, enlazados por las cinturas, subían las verdes cuestas que hacia el monasterio conducen. Sus imágenes se dibujaban en la sombra como figuras de leyenda; el rumor de las cascadas era tercero misterioso de su lenta y muda ascensión; las flores incensaban el viaje de los felices amadores; a tientas ganaban la escalera señorial; a tientas entraban en su celda, y llegando, más juntos cada vez, al amplio balcón, adoselado con festones de hiedra, daban su adiós al valle, sumergido en la sombra.

CAPÍTULO VI

Estaban juntos al pie de la cascada, que, herida por los rayos solares, se desplomaba en la ancha taza de basalto. Cola del caballo llaman en Piedra a esta cascada, y tal parece; sólo que es cola de un caballo monstruoso, cuyo frenético galope imita el río en su marcha hacia el salto.

Tiene la Cola del caballo, a más de otras bellezas, la de formar líquido cortinón, a medio correr, sobre una gruta que sirve de palacio y nido a centenares de palomas.

Estas palomas salen y entran por los huecos que deja libres la cortina de espumas: bañan su plumaje en las gotas de agua, salpicadas por el torrente; vuelan en torno de la taza; se acarician sobre las rocas, tapizadas con musgo; se saludan desde los arbustos próximos al despeñadero y dan un paseo último por los límites del cielo azul antes de acostarse en el nido que plumearon sus picos.

Juntos estaban Magda y Alejandro frente a la Cola del caballo. Era su lugar favorito. Jugaban y se perseguían, allí como chicuelos que empiezan a ser mozos, cuando eran realmente una mujer y un hombre que se resistían a ser viejos.

Ella frisaba en los treinta y cinco; él en los treinta y ocho. Sin embargo, hubieran dado envidia a otras juveniles parejas con las efusiones de su amor: acaso porque su amor unía a las frescuras de la mocedad la experiencia de la vejez: acaso porque el amor de las parejas nuevas es el primer amor, y el de ellos podía ser el último. El último amor hace con los amantes lo que el sol con el cielo durante el crepúsculo vespertino: teñirlo de fuego antes de cubrirlo de sombras.

Frente a la Cola del caballo habían asentado bajo la sombra de un nogal. Magda tenía abierto sobre la falda Fuoco, de D'Annunzio. Alejandro borroneaba en sus cuartillas.

De vez en cuando dejaba Magda de leer para contemplar a su amado; de vez en cuando dejaba él de escribir para besarla con los ojos.

Alejandro llevaba siempre consigo una escopeta. La llevaba como hubiera podido llevar un bastón o un paraguas; ni tanto aún: el bastón hubiera podido ofrecerle sostén; el paraguas, librarle de la lluvia. La escopeta sólo le servía de estorbo. Ni una vez en aquel mes largo de absoluta felicidad hizo intención de dispararla.

Las palomas pasaban y repasaban sobre sus cabezas sin que la escopeta de Alejandro las amenazara en su vuelo. Hubieran podido plegar las alas y acostarse entre Magda y él como en su nido propio.

Aquella tarde los amantes no mostraban en sus miradas y actitudes la dicha plena de otras veces. El correo les había traído dos cartas: llevaba sello de Italia la destinada a Magda, el de España la de Alejandro. Vinieron juntas, como si cada una de ellas, sola, no se atreviera a traer la mala noticia.

Eran nuevas del mundo real, que en su loca pasión habían olvidado. Obligaciones desatendidas, deberes quebrantados: cosas y criaturas suyas que ahora se presentaban a ellos para decirles por las bocas negras de unos rasgos de tinta, «¿Hasta cuándo? Cuando los seres tienen echadas sus raíces en un sitio, en ese sitio y para esas raíces necesitan vivir».

Los dos, por no afligirse, se habían ocultado el contenido de las cartas. Pero los dos estaban tristes. Ya no alzaba Magda los ojos del libro de D'Annunzio para buscar los de Alejandro; los alzaba para ponerlos en los límites del horizonte, para atravesar con ellos leguas y más leguas, para llegar donde cosas y criaturas suyas lloraban la ausencia y el desamparo y el olvido.

Tampoco se alzaban de sobre las cuartillas los ojos de Alejandro para mirar a Magda; también caminaban por el espacio buscando cosas y criaturas olvidadas, que la carta, traída por el correo, recordaba imperiosamente.

Magda cerró el libro con ademán nervioso. Alejandro arrugó las cuartillas con rabia. Ella se levantó y echó a andar, perdiéndose entre la arboleda. Él se alzó, casi al mismo tiempo, apretando los cañones de su escopeta.

Un ruido alegre de alas le hizo levantar la cabeza. Cinco o seis palomas revoloteaban en la atmósfera.

Fue rabia, ansia estúpida de matar muchas cosas a un tiempo. Alejandro se echó la escopeta a la cara; sonó el tiro y una paloma cayó a tierra aleteando con angustia.

Al ruido del disparo llegó Magda corriendo:

-¿Por qué la mataste -exclamó-. ¿Qué daño te hizo? Ahí dentro, en el nido, estarán sus hijuelos. ¡Pobres hijos aquellos que cuando necesitan cariño y protección, se hallan sin los de la madre o sin los del padre!...

No se miraron. Echaron a andar uno junto a otro con la vista baja, puesta en la alfombra de verdura, bordada con violetas.

Es necesario que mañana vuelva a Madrid, decía Magda, sollozando en la obscuridad, abrazada al cuello de su amante. Allí buscaré forma de arreglar algo, un contrato, sea el que sea; conoces la carta; la necesidad urgente expresada en ella de poner remedio a una situación que puede traer la miseria a mis hijos. Necesito arbitrar recursos. Por mí nada me importaría; por ellos y para ellos a todo estoy pronta, hasta a una separación nuestra, que aun siendo, como será, breve, me arranca el alma de la carne.

-Yo...

-Tú ¿qué vas a hacer? Gracias que puedas atender a los tuyos. ¿Crees que aunque tú me lo ocultes no sé lo que dice la carta que te trajeron hoy? Lo que la mía, apuro más o menos. Acaba tu drama, estrénalo; haz frente a tu situación como a la mía yo. Te pondré al corriente de todo; de mi amor, de nuestro amor, no precisa que hablemos. Seguros de él estamos; acaba cuanto antes para ir en busca de tu Magda.

-Y tú...

-Me iré mañana. No hay manera de retardar el viaje.

Al día siguiente el coche donde partía Magda se fue perdiendo entre nubes de polvo por la carretera blancuzca.

Alejandro la miraba alejarse desde el gótico portalón.

CAPÍTULO VII

Cuando, finada su obra, pudo Alejandro dejar el Monasterio, Magda se había ausentado de Madrid.

La perentoriedad de las circunstancias y el no hallar un contrato teatral en condiciones aceptables, la obligaron a constituir sociedad con otros artistas y a embarcarse en Barcelona al objeto de dar conciertos en las Islas Canarias y Azores. Después, ya vería. Lo urgente era ganar dinero para atender a las urgencias de Milán; a las más inmediatas, se entiende. «Las otras... Aun queda tiempo para ocuparme de las otras -escribía Magda en una de sus cartas-. Vamos a lo presente; tú, amor mío, termina la comedia cuanto antes, estrénala con el éxito, que doy por descontado, y en cuanto reúnas unos centenares de pesetas, métete en un vapor y ven a mi lado; sin ti se me vuelven siglos los minutos ¡Tengo tantos besos hormigueándome en la boca!»

A la carta acompañaba un retrato de Magda. La representaba en la escena última del drama lírico de Alejandro, estrenado por ella en el fracasado escenario de Goicoechea.

Estaba hermosa Magda en aquel retrato. Un gesto de supremo dolor crispaba su rostro; sus manos se cruzaban sobre el pecho en actitud de orar; el pecho mostrábase desnudo por entre la túnica desgarrada; los ojos se alzaban en dirección del cielo, como si angustiados le implorasen; la suelta cabellera caía por los hombros como un manto de viuda.

«Al mio signore» -decía la dedicatoria.

Toda su voluntad empleó Alejandro en que su drama se ensayara y representara cuanto antes. Ocurrió ella a los veinte días de empezar los ensayos.

El éxito fue para el autor más abundante en ovaciones que en billetes del Banco. Dio los bastantes, sin embargo, para que Alejandro atendiera los atrasos que afligían su hogar y se reservara para el viaje a Canarias un millar de pesetas.

Sin hacer caso alguno de quienes entre lágrimas le suplicaban que permaneciera en Madrid, embarcó para Barcelona. En Barcelona recibió otra carta de Magda. «Te espero con el alma y los brazos de par en par abiertos -decía la carta-, ven cuanto antes. Me haces falta, mucha falta, amor; más falta que nunca.»

A las veinticuatro horas de leída esta carta tomó pasaje el escritor en un trasatlántico.

Interminable se hizo el viaje para él. Como un tormento aceptó la escala de Cádiz. Al fin zarpó el buque. Al amanecer del siguiente día perdieron de vista la costa; no hubo sino agua y cielo enfrente de los ojos.

¡Mar!... ¡Cielo!... En la situación de su espíritu, aquella majestuosa soledad placía a Alejandro; no se cansaba de admirarla, de seguir silenciosamente el viaje de las olas y de las nubes.

De día, el sol, extendiéndose, como soberano único, por su dominio azul, y el mar recibiendo los besos del sol con lascivo espasmo de hembra sedienta de caricias. De noche, las estrellas, asomando curiosamente por los ventanales del espacio para presenciar la procesión inconcluible de las olas; las olas vistiéndose de blanco para recibir el beso maternal de la luna...

¡Siempre igual!... Monotonía que no cansa, porque la forman dos grandezas que se juntan con los límites del horizonte para saludarse y ayuntarse. ¡Cópula sublime del infinito con las olas! ¡Qué hermosos son sus hijos, coronados unas veces por llamaradas de oro y guirnaldas de espuma; otras, por rayos lívidos y ráfagas de tempestad!...

Esta ausencia total de la tierra, este aislamiento púdico y celoso del cielo para celebrar con el Océano sus nupcias, producía en el ánimo de Alejandro impresión honda, grave recogimiento. Parecíale que las ondas azules de la atmósfera y las ondas verdes del mar formaban una estufa gigante, un templo de cristal, un laboratorio sin paredes, donde su conciencia podía depurarse, destilar su esencia idea a idea y sentimiento a sentimiento.

Sumido en tal contemplación, apenas hablaba con nadie. El trato con las gentes del barco le causaba molestia; tedio, el eco de las voces humanas. ¡Voces humanas! Sólo una hubiera querido él oír y esa estaba lejos aún; la voz de Magda.

De ahí su amor por la soledad, por el apartamiento; su ansia de hablar consigo mismo, de entablar esos diálogos de uno con uno propio, durante los cuales el hombre se duplica, se convierte en dos hombres que conversan, interrogándose.

Horas hermosas estas; en ellas la realidad es sueño y el sueño realidad espiritualizada.

Uno de estos sueños, uno de estos deliciosos cinematógrafos en que ve uno dentro de sí con los ojos cerrados, gozaba Alejandro en su litera, cuando despertó súbito; sin que ruido, golpe ni voz algunos le dieran motivo para ello.

Se vistió a tientas y a tropezones subió la escalera que a la cubierta conducía.

Estaba el mar tranquilo; bajo el cielo se tendía una franja color perla; el buque partía con su estrecha proa las aguas silenciosas. Lejos, a distancia grande, a su derecha, en el fondo del horizonte, vio Alejandro contornearse un astro rojo, una gran pupila incendiada, que parecía vigilar el rumbo del buque.

-El faro de la Isleta -dijo un marinero.

La franja color perla, extendida entre cielo y mar, se fue agrandando poco a poco, adquiriendo tonos más vivos. Tiñéronse olas y nubes de ópalo. Una luz pálida, trémula, confusa, coloreó el espacio; el faro de la Isleta perdió sus reflejos brillantes; brilló menos, menos... hasta extinguirse. El sol asomó sobre el mar su cabezota de cabellos rubios y la tierra canaria surgió delante del viajero.

Alejandro quedó sorprendido de la aridez de aquellos montes, modelados como la musculatura de un titán, abiertos inútilmente al polen solar, como matrices infecundas.

¡La tierra canaria!... ¡La ciudad de Las Palmas!... ¡Las casitas blancas!... ¡El puerto!... Momento supremo, a ningún otro comparable, fue para Alejandro aquel de su arribo a la estación última, entre el chirriar áspero de las cadenas, el golpear sordo de la hélice, y el pitar agrio de la máquina.

En el muelle, empinándose sobre la punta de los pies, para verlo antes y mejor, estaría Magda; sus ojos escudriñarían la distancia; con latidos de su corazón contaría los avances del buque. Éste dio fondo; por docenas se acercaron lanchas a su costado; en ninguna de ellas iba Magda; no la vio tampoco en el muelle.

Maquinalmente subió el viajero a un coche. -Al hotel de Inglaterra - dijo.

CAPÍTULO VIII

-¿Por qué no viniste a buscarme? -preguntó Alejandro a Magda, que le aguardaba en el patio encristalado del hotel-. ¿Por qué me recibes aquí? De no ir al muelle, mejor hicieras esperándome en tu habitación: Allí al menos, después del vía crucis que me ha significado el camino desde el muelle a la fonda, hubiera podido recoger con los míos esos brazos y ese alma abiertos, según tus palabras escritas, de par en par para recibirme. Aquí, un sencillo apretón de manos. ¿Te basta con él?

-No seas niño, Álex. No fuí a esperarte, porque en esta ciudad hay que cubrir las apariencias. Es un público muy meticuloso; a más, se cree con derecho para intervenir todas las acciones del artista. Desgraciadamente ahora, menos que nunca, podemos prescindir del público. A no ser por estas razones ¿crees que no hubiera ido a buscarte en una lancha, al costado del buque y que no hubiera sido antes que ninguno en subir para recibirte en mis brazos? Ya los tendrás. Te he aguardado aquí porque tu arribo se conoce. No eres un cualquiera; tu nombre es popular entre los isleños; algunos literatos y periodistas aguardan, para saludarte, en el salón.

-Vamos allá, puesto que es menester. Pero te juro que haré todo lo posible por abreviarles la visita.

-No lo conseguirás; algunos se quedarán a almorzar contigo. Culpa de todo ello tiene ese condenado vapor que no entró en bahía después de media noche. ¡Maldito sea el concierto de hoy, que, hasta esa hora, nos priva de estar solos!

-¡Hasta esa hora!

-¡Claro! Tus admiradores y los míos se pondrán de acuerdo para no dejarnos tranquilos hasta que termine el concierto. Luego...

-Luego ¿qué?

-Nuestras habitaciones están la una cerca de la otra, pero no inmediatas; me ha sido imposible lograr que desocupen la de al lado. Paciencia -añadió-; esta espera nos hará la noche más grata.

Alejandro, apretando amorosamente las muñecas de Magda, la miró un segundo hito a hito.

Había igual reflejo apasionado en los ojos negros de la actriz; igual temblamiento besador en su boca; igual abandono de entrega en su actitud. Era la enamorada de siempre; más lo parecía, en aquel minuto, por obra del deseo, que hacía hervir su sangre. Sin embargo, algo, como un tenue velo de tristeza, se extendió por el rostro de Magda; contemplándola atentamente, se observaban sobre las ojeras azules, ensanchadas por la pasión, surcos dolorosos; al sonreír se crispaban con angustia sus labios, su cuerpo era sacudido de raro en raro por estremecimientos bruscos.

-¿Qué tienes? -preguntó Alejandro muy quedo-. Hay algo en ti que trae dudas y tristeza a mi espíritu.

-Tristeza, acaso; dudas no las debes tener; no hay motivo para que las tengas. Ya hablaremos de todo eso más tarde, cuando nos dejen solos. Vamos al salón. Tus admiradores aguardan.

En el salón esperaban algunos periodistas de la localidad, un par de literatos, la mayor parte de los artistas que tomaban parte en los conciertos y media docena de curiosos, de esos que acuden al arribo de toda novedad, sea ella la que fuere, más por vanidad de decir que fueron los primeros en mirarla de cerca, que por cierta y razonada admiración.

Entre estos admiradores había un señor alto, de bigote rubio, elegantemente vestido. En su ojo izquierdo relucía un monóculo, sujeto al ojal de la americana por un hilo finísimo de oro.

-Lord Belcomend -dijo Magda cuando tocó al inglés el turno de su presentación. Un fervoroso admirador de todas las artes, que me pidió anoche en el teatro ser presentado a usted.

-Honra grande que debo a esta bella señora -repuso el lord inclinándose ante Alejandro.

-Vamos, si ustedes gustan, a almorzar -interrumpió uno de los periodistas-. El trasatlántico vino tarde, y son muy cerca de las dos.

Fue el almuerzo aburrido, de pura etiqueta. En vano se esforzaron todos por darle carácter de franca intimidad.

A mayor número de molestias, Alejandro veía claramente que estaba en la mesa, como los cadáveres en la de disección, para ser observado, analizado, y dicho se está que despellejado y escalpelizado por aquellos dignos señores.

El único de entre ellos que no se metió en tal faena, al menos no descubrió la intención de realizarla, fue el inglés. Con cortesía aristocrática se ocupó de todos y de todo, demostrando, sin pretensiones, una gran cultura y una exquisita educación. Para Alejandro tuvo muy sinceras y atinadas frases de elogio; le habló de sus libros, de su teatro, probando conocerlos a fondo, y le invitó a realizar excursiones por la isla en un yacht de su pertenencia que tenía anclado en el puerto.

-Claro -añadió- que el yacht está a la disposición de esta dama y de estos amables señores.

-Yo -dijo después, inclinándose para hablar a Alejandro- vivo en mi barco. Tengo en él más comodidades -para mi gusto- que pudieran proporcionarme los hoteles mejor montados. De veras que me es muy molesto pasar la noche fuera de mi yacht. Es mi patria ambulante. Voy en él mar adentro; hago alto cuando hallo cosas o personas dignas del anclaje, y torno a emprender mi camino por cima de las olas. Son buenas compañeras. En esto no concuerdo con Shakespeare. Él las llama pérfidas. Las olas y la mujer sólo son pérfidas cuando no se las trata bien o cuando no mide uno bien el momento de acometerlas y la ocasión de huirlas.

Diciendo esto, el lord jugaba, como distraído, con el hilillo de oro, y paseaba su monóculo de Alejandro a Magda.

Aquel hombre, no obstante su cortesanía y discreción, fue antipático a Alejandro; entonces, sin motivo; luego, lo supo pronto por una de las cantantes compañera de Magda, porque se mostraba muy asiduo con ésta y le hacía corte, si discreta y respetuosa, tenaz.

Tuvo, sin embargo, que ir, en su compañía y en la de los otros comensales, a visitar los edificios notables y los museos de Las Palmas; después a recorrer los alrededores, y al caer de la tarde al casino a tomar el whisky. Bien lo exhibieron sus admiradores y colegas. Como santo en procesión fue paseado por toda la ciudad; ya eran las nueve cuando le dejaron en su hotel. Ni comer consiguió con Magda; el concierto empezaba a las nueve y media, y la tiple se había ido al teatro cuando su amante entró en el comedor.

El teatro se convirtió para el viajero en un potro inquisitorial. Mientras Magda estaba en el escenario, no podía mirarla plenamente, a su gusto, para no dar margen a la murmuración de los abonados, que más tenían puestos los ojos en él que en la escena. Cuando entró en el cuarto de Magda estaba tan lleno de señoritos palmesanos, que apenas le permitieron un aparte con ella.

Sobre un veladorcito había un gran ramo de flores.

-Es del lord -dijo Magda contestando a la pregunta que, con los ojos, le hizo Álex.

-Me envía uno todas las noches -agregó con voz y gesto indiferentes.

CAPÍTULO IX

-Y ahora, habla, habla -exclamó Alejandro ansiosamente, cuando solo con Magda y ya el deseo satisfecho, pudo hacerle preguntas-. ¿Qué tienes? ¿Por qué esa tristeza, esa preocupación, que ni la dicha ni el placer de ser mía y hacerme tuyo, han podido borrar del todo? ¿Qué tienes? ¿Qué pasa?

El relato comenzó trabajosamente, entre titubeos, encubierto con frases ambiguas, que la delicadeza, el temor de apenar a Alejandro, hacían que Magda prolongase. Al fin se lo confesó entre sollozos, que subían por su garganta arriba, entre lágrimas, que iban cayendo, anchas, espaciadas de sus ojos de Dolorosa.

La situación de Magda había llegado a ser extrema. No se lo escribió antes por no entristecerle, por no poner en su alma duelos, que no podía remediar. Su casa de Italia, los muebles de su casa de Italia, empeñados, desde antes de ir la tiple a Madrid, en muchos miles de pesetas, estaban a punto de vencer y ella sin recursos para levantar el embargo. A falta de pago, desde algunos meses atrás, estaba también el colegio donde se instruían sus hijos, un casi mozo de quince años y dos muchachas, de doce años la mayor, de diez la pequeña. Posible era que no aguardasen más los directores de aquellos colegios; que expulsaran a sus criaturas. «¡Qué hacer! ¡Qué hacer! sollozaba Magda, engarfiando sus dedos en la deshecha cabellera. Mis alhajas están vendidas o empeñadas. Este negocio es un desastre: ni para vivir con decoro produce. Los empresarios parece que se han puesto de acuerdo para hacer de mí caso omiso. ¿Comprendes ahora mi desesperación, Álex? ¿Te explicas la tristeza, la angustia que has visto en mi rostro al mirarme?»

-Yo te salvaré del conflicto. Mis obras, mi pluma, todo está a tu disposición. Manda.

-¡Qué voy a mandarte! ¿Y los tuyos? Tú también tienes hijos; también necesitas cumplir deberes en tu casa de España. ¿Qué puedes hacer tú por mí? ¿Voy a exigirte que sacrifiques a tus hijos por mí?

-¿Voy a tolerar yo que, por mi causa, sacrifiques los tuyos?

Hubo una pausa larga, llena de temores y angustias. La mujer seguía llorando; el hombre, con la frente hundida entre los puños, golpeaba el suelo con el pie.

Magda fue quien rompió el silencio.

-¡Bah! -dijo secando su llanto y forzando su boca para mentir una sonrisa-. Saldremos adelante. No te apures. Nuestro amor tiene fuerza para levantar mundos.

-¡Nuestro amor!

-Él nos sostendrá. ¡Ah, dinero maldito! -siguió diciendo Magda-. ¿Por qué ha de tener fuerza para matar la dicha? ¿Por qué ha de poner nubes en esta noche de ventura? ¡Y pensar que ese lord, ese excéntrico que, por capricho, me corteja, con sólo desprenderse un año de su renta y regalárnosla a nosotros, nos haría felices!

-¿Te corteja el lord?

-Tonterías. Pasatiempos con los que entretiene su spleen. Nada serio. Nada serio por parte de él. Por la mía, no es preciso afirmarlo, ni en serio ni en broma. No le doy de hombro porque es la corrección andando. Y, con toda su gravedad, capaz de los disparates mayores. La otra noche decía, que por una mujer de su gusto y por lograr el cariño de esa mujer, sería capaz de tirar toda su fortuna y de echar a pique su yacht, cuando el dinero se acabara, con la mujer y con su roja personilla, dentro, por supuesto, del yacht. ¡Luego habláis de los andaluces! Encuéntrame uno comparable a ese gran embustero de la Gran Bretaña.

-Quizás no mienta y sea capaz de hacerlo tal y como lo dice. Parece hombre de voluntad y arrestos -murmuró Alejandro lentamente.

Amanecía cuando el artista dejó el cuarto de Magda.

Al entrar en su habitación abrió los balcones; una luz pálida llenó la alcoba, envolviéndola como en una neblina. Entro aquella neblina, que daba a Alejandro apariencia espectral, quedó éste silencioso, hundido en un amplio sillón, con los ojos puestos en el horizonte, limitado por las oceánicas brumas.

Pensaba en su conversación con Magda; y pensaba que él no podía salvarla del desastre. Al pensarlo se llenaba su conciencia de espanto.

Súbito se hizo presente en su imaginación la escena ocurrida durante su estancia con Magda en el Monasterio de Piedra: Aquel tiro que dio muerte a una paloma al mismo pie del nido; aquel grito de Magda, horrorizada de la acción; aquellas sus palabras: «Es infame dejar, por satisfacer un capricho, un deseo, desamparado del padre o la madre, un nido.»

¿Y no era por satisfacer, si no un capricho, una pasión, por lo que Magda quería dejar sin amparo su nido de Milán? ¡Tres criaturas, que sólo contaban con ella!...

Después, aunque de momento el amor pudiera más que todo; aunque Magda sacrificara a ella y a sus hijos por el cariño de Alejandro; aunque Alejandro, dominado por su pasión, consintiera sacrificio tan bárbaro, ¿no llegarían unas horas tras otras? ¿No advendría una en que, por el amor de los hijos, por las brutales urgencias de la vida, Magda tuviera que traicionar a su amante, y tuviera éste, si quería seguir poseyéndola, que cerrar los ojos y convertirse en un rufián?

¿Que eso no ocurriría? ¿Que Magda, por el amor de él, sería fuerte contra todo?

Ahora zumbaban en los oídos de Alejandro las frases que pronunciara el lord durante el almuerzo.

«La mujer y la ola son pérfidas, si no mide uno bien el momento de acometerlas y la ocasión de huirlas.»

Así hablaba el inglés, aquel hombre pronto a echar su fortuna a las plantas de una mujer. Y el inglés cortejaba a Magda, y Magda vela su hogar en desamparo, próximo a la miseria.

-¡El momento de huirlas! -repitió Alejandro, dejando caer la cabeza sobre el respaldo del diván.

Un sol rojo metió por la vidriera resplandores de incendio.

CAPÍTULO X

Tres horas después Alejandro embarcaba en un bote e iba a bordo de un trasatlántico alemán llegado la noche anterior.

Cuando volvió al hotel para almorzar con Magda, su cara estaba lívida.

-¿Qué tienes? -preguntó ella.

-No sé, nada; me di un paseo por el mar... Como hay oleaje, me he mareado un poco.

Por la noche en el teatro, durante el intermedio, invitó Alejandro a sus compañeros de almuerzo a tomar un whisky al otro día, en el hotel, en el cuarto que él ocupaba. La hora señalada fue la del medio día.

-Guárdenme el secreto -les dijo.

Hasta el alba permaneció al lado de Magda. Nunca hubo más pasión en las caricias del poeta. Eran sus abrazos como el asimiento doloroso a un ser querido que vamos a perder para siempre.

-Hasta luego -exclamó al despedirse, dejando un beso mordiente en la boca de Magda.

CAPÍTULO XI

Cuando sus invitados llegaron al cuarto del artista, hallaron a éste en traje de viaje; su maleta, cerrada, oscilaba sobre una silla.

-¿Qué es esto? -preguntó un visitante, mientras servía el camarero el whisky.

-Un telegrama recibido anoche reclama mi presencia inmediata en Madrid. No les dije nada en el teatro, por evitar despedidas en público. Perdónenme: excúsenme con la hermosa tierra canaria por no rendir a sus encantos el homenaje que merece, y adiós, amigos míos, el vapor toca el bocinazo de llamada. Adiós, continuó, echándose el guardapolvo al brazo, y crean ustedes que, con haber sido tan breve, nunca olvidaré mi estancia aquí.

La puerta de la habitación se abrió en aquel momento. En ella apareció Magda, tan pálida, con palidez tan blanca, que parecía una estatua de mármol.

-¿Se va usted? -balbuceó, apoyándose en el respaldo de una silla.

-Sí, Magda; adiós.

No hubo más. Alejandro ni siquiera volvió la cabeza para mirar desde la calle a Magda, que sollozaba en su balcón.

Al desaparecer la tierra canaria de su vista, Alejandro, acodado en la borda del buque, murmuró:

-Acaso algún día estime mi acción en lo que vale. Haciendo lo que hago, podremos estimarnos siempre. De otra suerte, hubiéramos concluido por despreciarnos.

Con brusco ademán se desabrochó la americana; del bolsillo interior sacó una cartera y de ésta el retrato de Magda. Lo contempló largo rato en silencio; lo acercó a sus labios después, respetuosamente, y lo dejó caer en el Océano.

Sobre él flotó la imagen, que fue alejándose, alejándose, mecida por las olas, como el cadáver de un naufragio.